KB060956

너라는 떨림
。。

너라는 떨림。。

동그라미
지음

위즈덤하우스

살아가다 보면 꽤 많은 사람을 만나게 되고 또 그중 누군가와
사랑을 하기도 합니다. '사랑하는 사람'이라는 분류에 들어갈
수 있는 건 단 한 사람에게만 허용된 일입니다.

몇 해 전 사랑을 표현하는 방법은 무작정 내 마음만 전달되
면 되는 것이라 여겼던 순간이 있습니다. 분명 열렬히 사랑했
고, 지금까지도 생생할 만큼 서툴렀습니다. 내 마음이 전달된
다면 그게 뭐가 되었든 상관없는 일이라 생각하고 무작정 사
랑하기만 했습니다. 이 방법이 잘못된 방법이라고 할 수는 없
지만 돌이켜보면 서로에게 조금 더 좋은 방법으로 사랑을 할
수 있었을 텐데 하는 생각이 듭니다. 후회는 아닙니다. 이렇
게 추억으로 남게 된 사람인데 조금 더 서툴지 않은 사랑을
할 수 있었다면 하는 아쉬움 정도랄까요.

할 수 있는 모든 방법으로, 마음껏 표현하는 사랑도 좋지만 가끔은 이름을 부르는 것만으로도 사랑의 마음이 전달될 수 있게, 따뜻한 햇살처럼 천천히 스며들 수 있게, 그렇게 서두르지 않고, 가끔은 기다릴 줄도 아는 그런 사랑을 했으면 합니다.

지금의 사랑이 오래 지속될 수 있도록.
보고 싶다는 말 한마디에도
'사랑이구나' 느낄 수 있도록.

동그라미

작가의 말 004

1장. 바람을 타고 네가 내게 왔다

2장。 너라서 가능한 사랑

3장. 너는 내게 지지 않는 달

4장 。나를 위한 사랑을 해요

바람을 타고
네가 내게 왔다

어떤 말로든 전할 수만 있다면.

사랑한다고 말하는 게 어렵다면
보고 싶다고 말하는 건 어떨까요?
보고 싶다는 말은 사랑하지 않으면
내뱉을 수 없는 말이니까요.

이유가
필요하다면.

너의 어떤 점이 좋았다기보다는
너의 어떤 부분이든 사랑할 수 있을 것 같다는,
그 확신에 너를 사랑하게 된 거야.

너
라
는

이
유
로.

사랑한다는 말은 언제 들어도 좋은 말이라는 건 틀림없는 사
실이고 언제 봐도 좋은 사람이라는 건 너를 두고 하는 말이구
나 싶었어.

그때부터 우리의 계절은 시작이 됐고, 봄부터 겨울까지 모
든 계절이 우리에게 사랑하기 좋은 날이라는 핑곗거리가 되
었지.

봄은 두말할 것 없이 사랑하기 좋고, 여름에는 마음껏 뜨거워
질 수 있고, 한껏 선선해진 가을에는 손을 잡고 걷고 싶어지
고, 겨울에는 온기를 나누기 좋은 계절이라고. 너와 함께라면
어떤 계절이든 사랑하기 좋은 핑계로 자리 잡게 될 거야.

너라는 이유로
모든 순간이 설명되는 건
분명 사랑이기 때문일 거야.

너를 만나기로 한 날이 다가오면 밤잠을 설치는 일이 많아졌어.

잘 보이고 싶은 마음에 입어본 적 없던 옷도 입어보고, 머리는 어떻게 하면 좋을지, 신발은 또 어떤 게 좋을지, 몇 켤레 없는 신발을 번갈아가며 신어보고, 네가 좋아하는 향으로 미리 향수도 뿌려보고, 그렇게 약속 시간에 늦지 않으려 밤잠을 설쳐가며 너를 만나기로 한 시간이 오기를 기다렸지.

그 모든 순간은 내게 설렘이었고,
너를 만난 순간은 내게 사랑이었어.

내가 네게 줄 수 없는 사랑은 없다.

누군가를 사랑하게 될 때 서로 같은 마음으로, 서로 사랑할 수 있는 기적이 일어나기는 하는 걸까.

기적이라는 말뜻 그대로 정말 기적 같은 일을 바랄 바에는 내가 사랑하게 될 그 사람이 내게 주어야 하는 사랑까지 함께 주며 곁에 머물 것이다.

원래 사랑은 이기적인 마음으로 시작하는 거니까 조금 더 이기적인 마음으로, 그저 내 곁에서 떠나지만 말아 달라고, 그러다 가끔 나를 사랑하고 싶을 땐 마음껏 사랑해주면 된다고, 너와의 사랑은 어차피 한 번뿐인 사랑일 테니, 이 정도의 기다림쯤이야 괜찮으니 곁에만 있게 해달라고.

네가 내게 줄 수 없는 사랑이 있어도 괜찮다.

내가 네게 줄 수 없는 사랑은 없을 테니까.

우리
몇 번만 더 봐요.

조금은 더 신중해지고 싶었어. 조금 더 사랑하는 방법을 알고
싶어서, 순간의 감정에 휘말리지 않고 조금 더 냉정하게 당신
을 품어보고 싶어서, 그래서 조금 더 조심스레 행동했던 거,
당신이라면 아시겠죠.

알아주셔야 해요. 당신은 내가 보고 싶다고 말하는 게 곧 좋
아한다고 말하는 거라는 거 알고 있는 사람이잖아요.

보고 싶어요. 우리 몇 번만 더 봐요.
보고 싶다는 말이 아니라 좋아한다고 말할 수 있게, 혹시라도
조금 더 많이 좋아져서 사랑한다고 말할 수 있게 우리 몇 번
만 더 만나서 눈 마주치고 웃어요.

헤어진 지 얼마 안 됐는데 또 보고 싶어요.

보고 싶어.

보고
싶
다
는
말
의
의
미
。

"요즘 내가 보고 싶다는 말을 너무 자주 하는 것 같지 않아?
보고 싶다는 말이 이렇게 가볍게 나올 수 있는 말이었나 싶기
도 해. 그렇지만 정말 보고 싶다는 말밖에는 할 수가 없어. 마
주보고 있는 순간에도 무슨 이유에서인지 모르겠지만 보고
싶은 느낌이 들어. 그거 알아? 나는 사랑한다는 말을 보고 싶
다는 말로 자주 내뱉는 거."

"나도 보고 싶어. 나 아직 근처인데 여기로 와줄래?
기다리고 있을게."

의
미.

의미 없는 것들에 의미를 부여하게 만드는 것,

그 공간 어딘가에 네가 있었을 테고

그 순간 분명히 너를 사랑하고 있었다는 것이다.

계
절
의

이
유.

겨울이 존재하는 이유를 봄의 아름다움을 위해 희생하기 위
함이라고 하는 사람을 만나고 싶습니다. 언제가 될지 모르는
이별이 찾아오게 되더라도 기약 없는 사랑으로 이어졌으면
좋겠습니다.

가끔 다툴 때는 이 추위만 버티면 아름다움으로 가득한 봄이
찾아온다는 걸 아는 사람이었으면 좋겠습니다. 완벽할 수 없
는 게 사람이니 완벽할 수 없는 사랑이어도 서로의 부족함을
채워나갈 수 있는 사람이었으면 좋겠습니다.

어떤 사람을 만나 어떤 사랑을 하든 관계에는 계절이 존재할
수밖에 없습니다. 겨울이 오면 따뜻한 옷을 꺼내어 입고 이겨
내면 됩니다. 그렇게 잘 이겨내다 보면 반드시 봄은 찾아오게

될 겁니다. 이게 제가 생각하는 사랑입니다.

당신이 어떤 삶을 살아왔고 또 어떤 사랑을 해왔는지, 저는
아직도 모르는 것 투성입니다. 서로에게 어떤 사람이 될지 어
떤 사랑이 될지는 모르겠지만 이제부터 우리의 계절은 시작
된 겁니다. 아직 겨울은 없었고 당연히 봄도 시작하지 않았습
니다. 언젠간 우리에게 겨울이 온다면 봄을 위한 아름다운 희
생이라 생각해주세요.

서로에게 어떤 사람이 될지
어떤 사랑이 될지는 모르겠지만
이제부터 우리의 계절은 시작된 겁니다.

내가 너를 사랑한 만큼
너도 나를 사랑해주길.

서로 사랑하는 게 기적이라면
우리가 그 기적의 일부가 될 것.

사랑의 대부분은
믿음으로 이루어져 있다는 걸
잊지 않을 것.

서로가 있기에
지금의 자신이 있다는 걸
잊지 않을 것.

이 모든 게 너라는 걸
잊지 않을 것.

꽃.

약속 시간에 미리 도착해 꽃이라도 한 송이 품에 안고 누군가를 기다리는 일을 계속할 수 있으면 좋겠다.

누군가는 나에게
이토록 소중한 존재라는 걸
온 세상에 알리고 싶으니까.

형
용
사

사랑이라는 단어를 형용할 수 있다면 분명 너를 똑 닮았을 것 같아. 이래서 형용할 수 없는 것들이 존재하는 게 아닌가 싶어.

형용할 수 있게 되면 누구나 너를 사랑하려 들 테니까.

당
신
만
이.

온 세상을 한 사람과 비교하게 만드는 것.
사랑이라는 게 그렇습니다.

당신이 태양을 보고 저건 달이라고 말하면
태양이 달이 되는 세상이 되는 것.

당신만 있으면 뭐든지 되고
당신이 없으면 아무 의미 없는 세상이 되는 것.

함께 걷는 사람.

함께 걷는 사람이 있다는 건
오늘의 나를 살아가게 만들었고
보고 싶은 사람이 있다는 건
내일의 나를 살아가게 만들겠지.

사랑하고 싶어요.

매일 반복되는 일상을 함께 공유하는 게 당연한 사람과 함께
사랑하고 싶어요. 혼자만 하는 사랑이 아닌 함께하는 게 느껴
질 만큼 서로에게 절실한 사람을 만나 애틋하게 사랑하고 싶
어요.

내 곁에 있는 게 당신이라는 사실이 익숙해지지 않는 사람을
만나고 싶어요. 그래서 매일 처음과 같은 마음으로 설렘과 두
근거림이 함께하는 그런 사랑을 하고 싶어요. 언제 봐도 사랑
스럽고 언제라도 보고 싶은 사람이 당신이었으면 해요.

지금이 아니면 사랑할 수 없을 것 같아요. 우리 그냥 지금부

터 사랑합시다. 사랑이 마음대로 하고 마음대로 그만둘 수 있는 건 아니지만 지금이 아니면 안 될 것 같은 마음으로 항상 사랑할게요.

이 사랑 받아주세요.

속
앓
이.

좋아한다는 말을, 사랑한다는 말을 입안에 한 움큼 머금은 채
결국 내뱉지 못해 속앓이하게 될 게 뻔하니까 내뱉어야지.

"좋아한다"고,
"사랑한다"고.

여
행
같
은
사
람.

여행 같은 사람이 되고 싶다. 가끔 그곳의 사진이나 이야기를
나누다 보면 문득 그곳의 추억이 떠오르게 되듯이, 그렇게 가
끔 떠오르는 나와의 추억들에 미소를 짓게 하는 사람이 되고
싶다.

내 곁을 떠난 사람일지라도,
나를 추억하는 것만으로도
그 사람의 현재가 행복해질 수 있게.

뭐가 되었든 우리 사랑하며 살아요.

사랑하기 좋은 계절에

사랑받아 마땅한 사람이니.

비가 내리던 날
네가 우산이 없길 바랐지.

너를 좋아하기 시작할 때 갑자기 비가 내리던 날, 네가 우산이 없다는 말을 듣고 좋아했다. 오늘은 어떤 핑계로 너를 만나러 갈까 고민하지 않아도 마음 편히 너를 보러 간다고 할수 있는 날이어서, 가방 안에 작은 접이식 우산 하나를 넣어두고 우산이 하나뿐이라며 내 어깨가 젖는 것쯤은 아무렴 어떠냐며 한 우산 속에서 너와 조금은 더 가까워질 수 있는 날이라서. 그렇게 몇 번의 비가 더 온 후에 너를 사랑이라 말할수 있게 됐지.

네게 비가 오면 우산이 되어준다는 말도 했었지. 그러니 안심하라고, 언제나 난 네 곁에서 네 편으로 살아가겠다고.

당신은 내게
벅찬 행복.

누군가를 행복하게 하는 일이

내게도 행복이 되는 건

상상만 해도 벅찬 일이니까

당신이 내 벅찬 행복이 되어주세요.

맹
목
。

맹목적으로 네가 행복했으면 좋겠어.

특별한 이유는 없어.

네가 행복하면 너를 바라보고 있는 것만으로도

나는 행복할 테니까.

네가 행복해지길 바라는 건

내 행복을 위해서이기도 하니까.

사
소
함.

사랑을 느끼는 건 그렇게 어려운 일이 아닙니다. 상대방의 사소한 연락에도 사랑받는 느낌을 느낄 수 있을 거예요.

"잘 잤냐"는 말, "나는 지금 뭘 하고 있다"는 사소한 일상의 공유만으로도 사랑이 느껴질 거예요. 반쯤 감긴 눈으로, 흐릿한 시야로 보이는 연락 몇 통에도 미소가 자연스레 나오게 되더라고요.

꼭 연락이 아니어도 좋습니다. 사소한 게 가장 중요해요. 사랑한다고 백 번 말하는 것보다 꽃 한 송이 생각이 나서 가져왔다는 말 한마디만으로도 사랑은 충분히 전달될 거예요.

내가 사랑하는 사람이

나로 인해 행복해진다고 상상해보세요.

그보다 더 설레는 일이

세상에 존재할 수는 없습니다.

우리가 언젠간 피어날 꽃이라면 지금은 봉오리 정도라고 생각하자. 따뜻한 햇볕 아래에서 가끔은 추위를 가져오는 봄바람에 잠시 주춤거리기도 하며 결국은 피어나는 꽃이 되자.

그렇게 시간이 흘러 꽃이 시들고 바람이라도 불어 떨어져나갈 때가 되면 어차피 우리는 또다시 피어날 거라고 잠시 화려했던 순간들을 뒤로하고 물 흐르듯 천천히 사랑하며 또다시 피어날 때를 기다리자.

우린 반드시 피어날 꽃일 테니까.

봄이 오면
꽃이 피듯.

너를 왜 좋아하냐고 묻는다면
어쩔 수 없이 그렇게 됐다고,
봄이 오면 꽃이 피어나는 게 당연하듯
어쩔 수 없는 것이라 말할 수밖에.

현재와 미래
그 사이.

우리의 미래가 어떻게 될지는 모르지만 우선 지금 이 순간만
은 사랑하기로 해요.

저는 워낙 순간의 감정까지도 잊지 못하는 사람이라서 지금
이 순간의 사랑만으로도 당신을 꽤 오랫동안 사랑할 수 있을
것 같아요.

거짓말하는 걸 그리 좋아하지 않아서 평생 사랑할 수 있을 것
같다는 말은 하지 않을게요. 그래도 꽤 오랫동안 사랑할 수
있을 것 같아요. 우리 미래가 어떻게 될지 모르겠지만, 서로
의 과거가 어땠는지 알 방법도 없고 알고 싶지도 않으니까 그
냥 지금을 사랑해봐요.

당신의 미래에 내가 없어도 괜찮으니 지금 당신 곁에 있는 내가 당신의 현재였으면 좋겠어요. 많은 걸 바라지는 않을게요. 함께 있는 동안은 우리가 할 수 있는 사랑을 해봐요. 그렇게 미래가 현재가 될 수 있도록 사랑도 해봐요.

첫
사
랑.

내게 첫사랑은

아직 한 번도 사랑해본 적 없는

당신입니다.

사랑을 표현하는 방법 중에
네 이름을 부르는 방법이 있다면
언제 어디서든 네게 사랑을 표현할 수 있게
네 이름이 들어간 노래라도 만들어야지.

계
절
의

힘.

사랑하기 좋은 계절이라는 건 봄을 두고 하는 말이 아닐까 싶
다. 급하게 가던 길도 잠시 멈춰 서서 바라보게 만드는 꽃과
나를 무기력하게 만들었던 몇 가지의 잡생각들을 기분 좋은
봄바람에 실어 보낼 수 있는, 환한 달이라도 뜨면 말이 필요
없는 날이 완성되기 때문이다.

네가 좋아할 만한 것들이 이렇게 한데 모여 있는 날은 어떤
핑계로 널 만나러 갈까 고민하지 않고 산책이나 가자는 말을
마음껏 할 수 있는 그런 날.

타인이 아닌
우리에게

내가 당신을 사랑하게 된 이유 중에 당신이 완벽하지 않았던
것도 있어요. 완벽하지 않은 당신이라 우리 함께라면 서로의
부족한 점을 채워주며 살 수 있을 것 같았거든요.

그래서 좋아했어요. 완벽하지 않은 당신이라서, 당신을 나로
채워나갈 수 있을 것 같아서, 내가 당신으로 채워지는 일이
가능할 것 같아서요.

우린 서로 함께일 때만 완벽해지기로 해요.
타인에게 완벽한 사람 말고
우리에게만 완벽한 사람이요.

네가 아니면
가능할 리 없지.

너는 나도 몰랐던 내 모습을 알게 만들어.
내가 누군가를 이토록 절절히 사랑할 수 있다는 걸 네 덕에
알게 됐거든.

너뿐이야.
내게서 이런 모습을 볼 수 있게 해주는,
나를 이렇게 만들 수 있는 사람은.

네게 준 모든 사랑은
네가 아니면 가능할 리 없지.

내가 네게서 어떻게 사랑한다는 말을 들을 수 있게 됐는지 참
궁금해.

어떻게 너의 입에서 나를 좋아한다는, 사랑한다는 말이 나오
게 되었는지, 신은 어쩌자고 어쩜 이리도 사랑스러운 말을 만
들었는지. 이쯤 되면 신이라는 존재가 있긴 있는 것 같아.

네게서 사랑한다는 말을 듣게 됐는데
이건 신의 뜻이 아니면 불가능한 일이니까.

너를 위한 일은
내 행복이 될 테니.

누군가를 위해서 무언가를 하고 싶어진다는 건 분명 사랑이
있기 때문에 가능한 일입니다.

사랑이 없으면 안 되는 일들은 분명 존재합니다. 더욱이 함께
하는 사랑이라면, 그 사랑에는 혼자서는 할 수 없는 것까지도
할 수 있게 만들 수 있는 힘이 있습니다.

사랑하는 사람을 위한 일은 나를 위한 일이기도 해요. 타인을
위한 일이 나를 위한 일이 된다는데 어떻게 사랑하지 않고 살
아갈 수 있겠어요.

이토록 좋은 게 사랑입니다.

나는 너를 사랑하고
그런 너는 나를 사랑하는.

사랑하면 예뻐진다는 말이 있다.

그렇다면 내가 사랑하는 네가

가장 예쁜 사람이 될 수 있는 방법은

아무도 몰랐던 너의 모습을 찾아

너의 그 모든 모습에 사랑을 주면

그만큼 너는 더 예쁜 사람이 되겠지.

네게서
사랑을
뺀다면.

너를 사랑한다는 것만 빼면

여느 관계와 다를 게 없는 관계다.

하지만 네게서 사랑을 뺄 수는 없으니

여느 관계와는 다를 수밖에 없는 관계다.

사
랑
하
기

좋
은

계
절.

사랑은 계절을 타지 않습니다.
계절이 사랑의 영향을 받을 수는 있겠네요.

아무리 추운 겨울이 온다고 한들 함께 있다면 어떤 훌륭한 난
로도 따뜻하게 하지 못할 마음을 따뜻하게 해줄 수 있을 테니
까요.

무더운 여름이면 뭐 어때요. 더위가 무색할 정도로 뜨거울 테
니 뭐가 걱정이에요. 사랑은 어떤 계절이든 할 수만 있으면
되는 겁니다.

사랑은 사계절 내내 제철입니다.

복

너를 만나고 웃는 일이 많아졌어.

웃으면 복이 온다던데
네 덕에 이렇게 웃는 날이 더 많아졌는데
어떻게 이보다 더한 복이 있을까.

어떤 복이든 너는 내 생에
최고의 복일 거야.

고백할게요.

이토록 애틋하게 사랑할 수 있는 날씨가 있을까요. 적당히 시원한 바람에 버스를 태워 집에 보내기 전까지 부둥켜안고 있어도 서로의 온기 덕에 따뜻하기만 한 날씨 말이에요

언제가 될지 모르겠지만
우리 이렇게 애틋하게 사랑합시다.
이거 고백 맞아요.

날씨 핑계라도 대면서 고백이라도 해야겠다 싶었어요. 이 좋은 날씨에 당신이랑 같이 있는데 어떻게 사랑하지 않고 넘어갈 수가 있겠어요.

사랑하는 것들로만
살아갈 수 있다면
너의 존재만으로도
나는 살아갈 수 있겠지.

첫
눈
에
반
하
다
。

솔직히 첫눈에 반했다는 말은 너무 식상하고 믿음이 크게 가
지 않는 말이잖아. 그런데 난 앞으로 그 말을 믿을 거야.

너를 보고 알았어.
'아, 정말 첫눈에 반하는 게 가능한 일이구나' 하고.

첫눈에 반했어.
좋아해.
너랑 사랑하고 싶어.

우리가 만나게 된 이유

우리가 만나게 된 이유를
운명이라 생각하지 마세요.

우리가 사랑하게 됐다면
그 어떤 운명도
감히 우릴 어떻게 하지 못할 테니까요.

2장

너라서
가능한 사랑

사랑한다는 말.

보고 싶습니다.

일종의 사랑한다는 말입니다.

네 이름이
사랑이 되진 않을까.

내가 시도 때도 없이 너에게 사랑한다고 말하는 걸 습관처럼
말하는 거라고 느낄 수 있을 것 같다는 생각을 했지만, 너를
이야기하는데 어떻게 사랑을 빼고 이야기할 수 있겠어.

이러다 네 이름이
사랑이 되진 않을까.

처
음
과

끝.

누구에게나 첫사랑이 있듯

끝 사랑도 존재하는 거라면

내 처음과 끝 모든 사랑이 너이길.

사
랑
다
짐.

누군가를 사랑할 때는
반드시 최선을 다할 것.

오늘이 아니면 다시는
돌아오지 않을 것처럼 사랑할 것.

그 사람이기 때문에
가능한 사랑이라는 걸 잊지 않을 것.

서로를 사랑할 수 있음에
늘 감사하며 사랑할 것.

후회 없이
최선을 다해
사랑할 것.

명백(明白)。

좋아한다고 말하는 것 대신
보고 싶다는 말만 들어도
'좋아한다는 말이구나' 하며
느낄 수 있는 사람이 있다는 것,

명백히 사랑이다.

단
한
번
뿐
인
순
간.

너와 함께하게 될 모든 순간은 앞으로 내 생에서 단 한 번뿐
인 순간이 될 테니까, 어떤 순간이라도 절대 되돌릴 수 없는
소중한 순간들일 테니까, 지금 이 순간을 사랑하고 너를 품어
야지.

되돌리고 싶은 순간이 생기는 순간 너는 점점 내게서 멀어질
수밖에 없을 테니까 어떻게든 너와의 모든 순간에 후회가 남
지 않도록 노력해야지.

그러다 우리가 함께하지 못할 때가 찾아온다고 해도 후회나
미련 대신 여전히 사랑이었다고 느낄 수 있게 매 순간을 사랑
해야지.

일
생.

삶을 살아가는 동안 사랑이 얼마나 많은 부분을 차지하게 될
지, 그 사랑 중에서도 네가 내 사랑에 얼마나 많은 부분을 차
지하게 될지는 모르는 일이니까, 내 인생에서 가장 큰 부분을
차지할 수 있는 사람이 너일 수도 있는 거니까, 내 삶의 일부
분이라 생각하고 너를 사랑해야지.

네가 더는 나를 사랑으로 생각하지 않게 돼도 네 삶의 일부분
에 내가 존재할 수 있게, 네가 내 삶이 될 수 있을 만큼, 내가
너의 삶이 될 수 있을 만큼 너를 사랑해야지.

특권.

사랑을 하면 평범했던 몇 가지 행동들이 사랑을 표현하는 방법이 될 수도 있어요. 이름을 부르는 사소한 행동이 사랑한다는 말로 들리기도 하고, 보고 싶다는 말 한마디는 온갖 애틋함이 묻어나오는 표현이 되더라고요.

사랑을 표현하는 방법은 이렇게 간단합니다. 이름을 부른다거나 보고 싶다는 말 한마디에서도 사랑이 표현됩니다. 서툰 표현이라도 진심이 담긴 표현이라면 분명 사랑한다는 말로 들리게 될 거예요.

지금 이 사랑은
이 순간이 지나면 할 수 없을
우리에게 주어진 특권 같은 사랑이니까요.

다음 생에도 우린
여전히 사랑이겠지.

존재하는지도 모르는 다음 생에도 너는 나에게
여전히 사랑일 거라 표현할 수 있을 만큼
지금 너를 사랑해.

누군가를 사랑할 때는
서로의 다름을 인정하고 사랑할 것.

우리는 서로 다른 삶을 살아왔고
다른 사랑을 겪으며 살아왔다는 걸 잊지 않을 것.

사랑이라는 이름으로 맞춰갈 수 있는 것과
이해를 필요로 하는 것은 분명히 다른 것.

모든 추억을 기록할 수는 없겠지만 기억할 수는 있으니
너와 나의 모든 추억을 기억할 것.

서로 다른 크기의 사랑이라도
같은 방향을 바라보는 사랑을 할 것.

의심과 거짓이 없는 사랑을 할 것.

내
사
랑
의

전
부
인

너.

사랑을 이야기해야 하는 순간이 온다면 네 이름을 말하면 될
것 같아. 사랑이라는 감정에 너를 빼면 다른 말을 덧붙일 게
없으니까.

사랑을 이야기하는데 어떻게 너를 빼고 이야기할 수 있겠어.

너는 내 삶의 일부분이자
내 사랑의 전부인 걸.

누구를 만나게 되더라도
진심이라면 된 겁니다.

타인의 시선을 신경 쓸 필요도,
충고를 들을 필요도 없는 겁니다.
누군가의 충고나 시선은
당신의 아픔을 감싸주지 않아요.

결국 사랑의 끝은
혼자 감당해야 하는 거니까.

그러니 사랑할 때만큼은
사랑만 하기로 해요.

내
삶
의
의
미
.

너
는

나는 네게 어떤 존재라도 될 수 있는 사람이 될게. 네가 내게 생명 같은 존재라면 난 너에게 산소 같은 의미가 될게. 네가 내게 태양이라면 난 태양계 어디쯤 있는 하나의 행성 같은 존재가 될게.

너 없이는 살아갈 수 없는 존재가 되고 싶어.

내 삶의 의미가 되어줘.
네가 웃으면 나도 웃을 수 있게,
네가 힘들면 곁에 머물며 힘이 될 수 있게.
그게 내 삶의 의미인 걸.

달.

우리 달이 예쁠 때 산책하러 가요.

집으로 돌아오는 길에도 달이 예쁘다며, 조금 더 걷지 않겠냐
며 더 오래 함께 걸을 수 있잖아요. 그거면 충분해요.

사랑하는 사람을 더 오래 볼 수 있는 완벽한 핑곗거리가 있잖
아요. 그거면 충분해요.

달이 예쁜 어느 날
우리 같이
산책이라도 갑시다.

너는 내가 하루에 몇 할이나 되는 부분을 네 생각을 하며 지
내는지 모를 거야.

네가 내게 어떤 존재인지 궁금하다고 했잖아. 넌 나를 항상
더 좋은 사람이 될 수 있게 만들어주는 사람인 것 같아. 너랑
함께 무언가를 하다 보면 너로 인해 내가 조금 더 좋은 사람
이 되어가는 게 느껴지거든.

사실 그게 아니더라도 널 만나는 게 지금의 내겐 전부일 거
야. 언젠가 시간이 지나면서 네게 소홀해지는 날이 찾아오겠
지만 그건 그때 가서 생각할래. 사랑하기만 해도 벅찬 시간
이야.

그러니 지금은 지금의 우리에게만 집중하자. 시간은 그 누구의 편도 아니니까. 시간이 지나도 변치 않겠단 약속은 못 하겠어. 단지 그때가 오면 그때의 너 역시도 사랑하겠다는 말밖에는.

두려워하지 말고 사랑하고 살자.
사랑만 하기에도 벅찬 시간이니까.

약
속.

지킬 수 있는 약속은 쉽게 내뱉어서는 안 되지만 이거 하나는
약속할 수 있어요.
거짓 없이 사랑할게요.

내가 할 수 있는 게
고작 당신을 사랑하는 것밖에 없겠지만
당신이 받는 사랑에 거짓은 없을 거예요.

서로에게 삶의 이유가 된다는 것.

내 곁에 너의 존재가 없다는 건
당장 내일의 내가 무너지게 된다는 뜻이겠지.
그러니 우리 오래도록 서로의 곁에 머물기로 하자.

항상 행복할 수만은 없겠지만
항상 서로의 곁에 머물며
서로의 삶의 이유로 살아가도록 하자.

사랑
나누기.

사랑도 나눌 수만 있다면 너를 향한 마음을 조금 나눠두고 싶
다. 적당히 사랑할 수 있게. 너를 적당히 사랑해서 네게도 천
천히 사랑이 전해질 수 있게.

그렇게 사랑도 나눠둘 수 있었으면 좋겠다. 혹시라도 너에
대한 마음이 식어갈 때면 나눠두었던 마음으로 피어오를 수
있게.

말도 안 되는 상상을 할 만큼 너를 생각한다는 말이다.

내겐 네가 말도 안 될 만큼
사랑스러운 사람이니까.

차라리 쉽게 사랑에 빠지고 쉽게 헤어 나올 수 있었으면 좋겠어요. 누구를 만나더라도 허전한 기분이거든요.

어쩌면 허전하게 느껴지는 게 아니라 내가 사랑할 준비가 안되어 있는 걸 수도 있어요. 그래도 저는 사랑이 필요해요. 참이기적이지 않나요?

눈에 보이지 않더라도 사랑이 내 곁에서 떠나지 않았으면 좋겠어요. 이런 저라도 사랑해줄 수 있다면, 그래서 혹시라도 쉽게 빠진 사랑이라도 깊게 빠질 수 있는 사랑이 될 수는 없을까요?

혹시 모르잖아요. 세상은 원래 내 뜻대로 되는 게 아니니까, 서로의 마음 또한 그런 게 아니니까, 혹시라도 그런 일이 있다면 그건 기적이겠죠. 그러니까 그 기적이 일어나길 기대하며 우리 사랑해봅시다.

쉽게 빠진 사랑이라고 해도
깊게 빠질 수 없는 건 아니니까
어떻게 되든 사랑하고 살아요.

모든 순간에
빛나지 않더라도.

우리의 모든 순간이 빛나지 않더라도 괜찮습니다. 빛나지 않는 순간이 있기 때문에 우리에게 빛나는 순간이 있는 거니까요.

우리가 함께한 모든 순간을 잊을 수는 없겠지만, 모든 순간에 최선을 다하겠지만, 우리가 모든 순간에 꼭 빛나기만은 할 수는 없으니까 모든 순간을 소중하게 생각하며 살아가요.

이 마
번 지 이
생 막 번
의 사 생
랑 의
처
럼.

누구를 얼마만큼 얼마나 오랫동안 사랑했는지가 중요한 게
아니라 마지막까지 누구와 함께하느냐가 중요한 것이다. 그
게 지금 내 곁에 있는 사람이 될 수도 있다.

아무도 미래가 어떻게 될지 모른다. 당장 내가 너와 이렇게
사랑하게 될 줄은 몰랐던 것처럼.

어떤 사랑이든
이번 생의 마지막 사랑이라 생각하고
아낌없이 사랑하자.

원래
사랑이라는
건.

원래 사랑이라는 건

어떤 식이든 상관없이

어떻게든 사랑하기만 하면,

그럼 그게 정답이 되는 거야.

지
금
이 아
니
면。

사랑할 때 알아야 할 건

지금이 아니면 지금처럼 사랑할 수 없다는 거예요.

나 같은 사람은 나밖에 없듯

우리 같은 사랑은 우리밖에 할 수 없으니까요.

지금이 아니면

지금 같은 사랑은 할 수 없을 거예요.

태양과
달의
관계.

몇 해 전 일본 후쿠오카를 가는 배를 탔던 게 생각이 났다. 배를 타고 일본에 도착하기 전 아침 해가 뜨는 시간에 갑판으로 나가 일출을 바라보고 있었는데 바닷바람이 너무 세서 잠시 바람을 피하려 등을 돌리는 순간, 반대편에 환하게 떠 있던 달을 발견했을 때 꽤 많은 감정이 교차했다.

그중 기억에 남는 게 있는데, 어둠이 있어야 빛의 이유도 설명이 되고 빛이 있어야 어둠의 존재에 의미가 생긴다는 것이다. 그리고 그땐 공존할 수 없는 것들이 공존하는 모습이라 생각했는데, 언제나 태양과 달은 공존하고 있었던 것이다. 다만 서로의 빛을 위해 잠시 자리를 비켜준 것이었을 뿐. 공존할 수 없다고 생각했던 것들이 알고 보니 떼려야 뗄 수 없는 사이였던 것이었다.

그 후로 난 사랑을 하게 되면 네가 빛이 되면 난 어둠이 되겠
다고 말한다. 네가 더 빛날 수 있게. 함께 있을 때 내가 사랑하
는 사람이 더 빛나길 원하기 때문이다.

네가 빛이라면
나는 기꺼이 어둠이 될게.

기적 같은 너.
내겐

내가 할 수 있는 가장 예쁜 문장들로
너에게 사랑한다고 말할 수 있는 지금이
내겐 기적이고 네겐 행복이길.
그렇게 기적 같은 네가 늘 행복하기를.

혼자였던 세상이
둘이 되는 것.

사랑은 혼자였던 세상에

함께 나아갈 수 있는 사람이 생기는 것.

그렇게 둘만의 세상을 만들어가는 것.

전
생
。

전생이라는 게 있다면 분명 저번 생에도 나는 너를 사랑했을
거야. 저번 생에서는 어땠는지 모르겠지만 이번 생에서는 너
를 어떻게 사랑해야 할지, 처음이라 내가 많이 부족할 거야.
하지만 부족한 사랑이라도 이번 생에 네가 마지막 사랑인 것
처럼 사랑할게.

잘은 모르겠지만 전생이 있다면
분명 지금 이 순간처럼 너를 사랑했을 거야.

사
랑
한
다
면.

사랑에 있어서 중요한 건

사랑의 크기보다는

사랑을 하는 속도이다.

감당할 수 없을 것을 감당하기보단

서로 같은 속도로 나아가는 게 쉬울 테니까.

사랑이라는 이유로 무엇이든 다 할 수 있다는 말은 낭만적인 거짓말인 것 같아요.

물론 사랑에는 거짓이 없어야겠지만 이 정도의 거짓말이라면 이해해줘요. 표현이 서툰 탓에 가끔 낭만적인 거짓말을 하더라도 '사랑을 말하고 있구나' 하고 이해해주세요.

미
래.

언젠가 우리가 헤어지게 된다는 그런 슬픈 상상 말고 오늘 우리가 어떻게 더 사랑할 수 있을까 생각하고, 어제의 우리가 얼마나 행복했는지만 생각할게요. 지난 일은 지난 일일 뿐이지만 당신과 함께한 모든 순간은 내게 가장 소중한 추억이 될 테고 당신과 함께하는 지금 이 순간은 내 삶에서 가장 행복한 순간일 테니까요.

미래가 어떻게 될지는 그날의 우리에게 맡기도록 해요. 지금 우리가 행복하다면 그거로 된 거잖아요. 걱정하지 말고 마음 편히 날 사랑해줘요. 미래의 우리가 어떻게 될지 걱정하지 말기로 해요. 분명 우리는 우리에게 맞는 올바른 선택을 하게 될 테니까요.

당신이 나를 믿어주는 만큼 나도 당신을 믿으니까.

사랑엔 무엇보다 믿음이 중요한 거니까.

서서히 뜨거워지는 햇볕처럼

서서히 사랑할 것.

저물어가는 더위에 맞춰 다음 계절을 준비할 것.

모든 계절을 함께 보낼 것.

평생.

네게 평생 좋은 사람으로 살아가겠다는 약속을 지키기 위해
내가 해야 할 일이라고는 좋은 사람으로 살아가는 것밖에 없
다. 평생이라는 단어는 네가 붙여주면 될 테니.

내게 평생이라는 단어를 붙일 수 있는 사람이 되어주세요.
내 삶의 유일한 존재가 되어달라는 말이에요.

3장

너는 내게
지지 않는 달

사랑이
여행이라면.

우리가 영원할 수 없다면 되도록 이곳에 오래 머물러주세요.

당신이 여행가라면 나는 당신이 오랫동안 머물고 싶은 여행지 같은 사람이 될게요. 예쁜 것만 보여주고 싶고 좋은 것만 들려주고 싶으니까 당신이 좋아할 만한 것들을 당신의 시선에 놔둘게요.

우리 자주 볼 수 없어도 오래 봐요. 아주 오랫동안 말이에요.

당신이 머물다간 자리는 영원히 당신이 아니면 안 되는 자리가 될 수 있게, 언젠간 당신이 다음 여행을 위해 떠날 때 잠시라도 뒤돌아볼 수 있게, 혹시라도 놔두고 가는 것이 있더라도 언제든 다시 돌아올 수 있는 곳이 될 수 있게.

그렇게 당신이 다시 이곳에 돌아오게 된다면 당신이 머물 자리가 될 수 있게, 당신을 위한 사람이 되어 있을게요.

오래오래 머물며
당신의 자리를 만들어주세요.
나머진 내가 다 감당할게요.

두려웠던 순간.

너를 좋아하게 된 날
너를 사랑하게 될까 봐,
그게 너를 잃는 길이 될까 봐,
두려웠던 순간이 있다.

떠
나
보
내
기.

읽는 누구나 사랑받는 기분을 느낄 수 있는 글을 쓰고 싶다는
생각을 할 때면 생각나는 한 사람이 있다. 내 삶에서 사랑이
라는 단어에 가장 적합한 사람. 애틋하게 사랑했고 애처롭게
헤어졌던 사람.

그래서 다행인 것 같다. 사랑하는 누군가를 붙잡거나 매달리
는 행동이 구질구질하다고 할 수는 없으나 상대방에게 부담
이 되는 행동으로 끝을 내지 않았다는 것. 그렇게 헤어져서
다행인 것 같다.

그토록 사랑했던 사람이지만 헤어진 후에는 단 한 번의 연락
조차 하지 않았다. 좋은 사람으로 기억되지 못하더라도 나쁜
추억으로는 기억되지 말자고 다짐했기 때문이다.

혼자 하는 사랑도 사랑이고
떠나보낼 줄 아는 것도
사랑의 일부분이 아닐까?

너 같은 사람은 너뿐이야.

너를 사랑하며 참 많이도 배웠다. 이를테면 사랑에 대한 고마움 같은 것 말이다. 사랑하기 때문에 느낄 수 있는 고마움, 허전함, 외로움 같은 감정은 그냥 느꼈을 때와 사랑을 통해서 느꼈을 때와는 완전히 다른 감정이라 할 수 있을 만큼 다르다.

네가 나의 사랑이 아니었으면 몰랐을 감정, 너를 사랑할 수 있게 허락해준 네가 없었다면 몰랐을 이 감정들은 내 삶에서 더는 없어서는 안 될 감정들이다. 나를 살아가게 해주는 감정이라고 해도 과언이 아니겠지.

난 오늘도 너를 사랑할 수 있게 되어서 감사한 마음으로 하루를 마무리하게 될 것이다. 내일의 너는 어떤 고마움이 느껴지는 사랑일까? 그렇게 매일 네 생각에 잠들어야겠다.

지금 내가 느끼는 모든 감정은
오로지 너라서 가능한 것들이다.
너 같은 사람은 너뿐이니까.

평
범
함.

남들 다 하는 평범한 사랑이 하고 싶어서 사랑한다는 표현조
차 남들 다 하는 흔한 방법으로 표현했었지. 내가 사랑하는
사람은 너인데, 절대로 평범할 수가 없는데 어떤 말로 표현하
려고 해도 표현할 수 없는 너인데.

남들처럼 평범하게 사랑하되 타인의 사랑을 따라하지 않을
것. 어떤 사랑을 너에게 주든 진심이라면 분명 닿을 테니까.

나만의 방식으로 너를 사랑해야지.
난 지금도 여전히,
앞으로도 당연히 너를 사랑하니까.

만
족
하
지

말

것.

사랑에 만족하지 마세요.

사랑을 주는 것도,

사랑을 받는 것도,

만족하게 되면

소홀해지기 마련이니까요.

또
다
시

사
랑.

미친 듯이 사랑하고 싶다가도 겁부터 나는 게 현실이다. 내
곁에 누군가가 머물렀으면 좋겠지만 더는 다가오지 않았으면
좋겠다고 생각했다.

분명 사랑하고 싶고 사랑받고 싶지만 지난 사랑의 이별을 극
복했음에도 불구하고 이제 더는 사랑이라는 감정에 휘둘리고
싶지 않았다. 하지만 이대로 살 수는 없으니, 그리고 이대로
사랑 없이 살 수는 없으니 언젠간 이런 쓸데없는 생각을 할
필요 없을 만큼 사랑하는 사람이 나타나길 바랄 뿐이다.

난 그저 내 휘청거렸던 마음을 다시 바로잡아줄 사랑을 기다
리고 있을 수밖에 없을 것 같다. 그때가 되면, 그리고 그런 사
람이 나타나면 분명 사랑할 수밖에 없을 것이다.

그러니 난, 그리고 우리는
반드시 또다시 사랑하게 될 것이다.

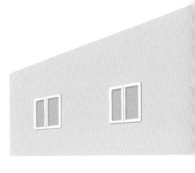

만남과
헤어짐.

만남이 있으면 헤어짐이 있는 법이니까 너무 그렇게 겁먹지
말아요. 헤어지는 게 두려워서 당신이 누릴 수 있는 사랑이라
는 감정을 억제하며 살지 않았으면 좋겠어요.

세상이 무너진 것처럼 힘든 순간도 있겠지만 그렇게 몇 번 무
너지고 아픈 시간을 버티다 보면 그저 지나간 계절 정도로 생
각하게 될 거예요. 계절은 또다시 돌아오니까, 또다시 당신에
게 몇 번의 사랑이 찾아오게 될 거예요.

사랑에 필요한 건 진심이 담긴 마음뿐이니까 아무 걱정 없이
사랑하고 살아요.
사랑하는 순간만큼은 당신은 가장 찬란하게 빛날 거예요.

사
랑
받
기.

사랑받기 위해 노력하는 건 사랑이 아니에요.

사랑을 받는 일에 자격 따위는 없어요.

당신에게 사랑을 주는 사람을 만나서
마음껏 사랑받으며 살아요.

여
전
히

사
랑.

네가 한없이 아름다워서

나는 그저 한없이 예뻐해주기만 하면 되는 것이라

착각했던 순간들 덕분에

너를 그리워도 하고

여전히 사랑하기도 한다.

갑
과
을.

사랑에 있어서 누구나 을의 위치에 있어야 한다. 사랑을 당연
하게 느끼지 않고, 사랑을 늘 원해야 한다. 편하게 사랑하되
편애하는 사랑은 되지 않아야 한다. 매 순간을 사랑하고, 매
순간을 소중하게 생각하고, 지금이 아니면 지금 이 순간의 너
를 사랑하지 못한다는 것을 알아야 한다.

늘 한결같은 마음으로,
같은 속도로,
같은 크기로 함께 사랑할 것.

이토록 어려운 게 사랑이다.

사
랑
의

시
기.

아무리 방법이 없는 사랑에도

때는 찾아오기 마련이에요.

그 시기를 놓치지 말아요.

사랑은 기다리는 게 아니라 찾아가야 해요.

내가 사랑하는 누군가가 있는 곳으로.

내가 사랑받을 곳으로.

꽃을 가꾸는 것처럼.

꽃을 가꾸는 일에도 방법이 있고 순서가 있다. 아무리 잘 가꾸었다고 해도 뭐든지 과하면 화가 되는 법. 아무리 햇볕이 잘 드는 곳에 놔둔다고 해도 적정량 이상의 물을 준다거나 과도한 관심은 결국 가만히 둔 것보다 못하게 된다.

사랑도 마찬가지다. 가만히 둬서도 안 되지만 그렇다고 매일같이 적정량 이상의 사랑을 쏟아붓는다면 지나친 관심에 시들어버린 꽃처럼 되지 않을까?

적당한 거리에서 적당한 마음으로,
하지만 같은 방향으로 나아가요, 우리.
우리의 사랑이 시들어가는 꽃이 되지 않도록.

뭐가 되었든
사랑이라면.

각자 추구하는 사랑이 다르다고 해도
결국 사랑이라는 건 변하지 않는다.

내
게
오
는
길.

당신이 내게 오는 날, 여기까지 와주느라 수고했다며 꼭 안아
줄게요. 숱한 아픔을 이겨내고 여기까지 와주느라 수고했다
고, 이제 당신에게 사랑으로 인한 아픔은 없을 거라고 꼭 안
아줄게요.

당신이 아팠던 만큼 사랑하겠다고,
당신이 힘들었던 만큼 행복해지자 할게요.

제게 오는 길이
조금은 험한 길이 될 수도 있겠지만
그래도 언젠간 당신은 내게
사랑받는 사람이 되어주셔야 해요.

이번 사랑이 실패라고 해서
다음 사랑까지 실패라는 법은 없습니다.

나를 좋아하는 사람이 있으면
나를 싫어하는 사람도 당연히 존재하는 겁니다.
그러니 그렇게 풀 죽어 있지 말아요.

당신이 충분히 사랑했다면
그 자체로 성공입니다.

손을 잡고 입을 맞추는 일만이
사랑의 전부는 아니니까요.

사람을 그리워할 수는 있어도 사랑에 후회는 없어야 합니다.
아무리 후회 없이 모든 걸 다 쏟아부은 순간도 결국은 지나가
게 되어 있고 그리운 감정은 찾아오게 될 거예요.

사랑을 그리워하는 감정에 후회는 없어야 해요. 그리움과 후
회가 만나면 걷잡을 수 없는 큰 우울함이 되어 당신을 집어삼
키게 될 테니까요.

사랑에 후회가 남는 것보다 그리움이 남는 게 더 나은 선택일
테니 후회 없이 사랑하고, 가끔은 그 순간을 그리워하기도 하
며 살아봅시다.

타인을 사랑하기 전에.

살면서 그토록 사랑에 목맸던 일이 많았는데 생각해보면 정작 나 자신을 그렇게 사랑해본 적은 없는 것 같다. 나 자신도 사랑하지도 못하면서 누군가를 사랑하겠다니, 이건 분명히 모순이다.

'나'조차 사랑해보지 못한 내가 누군가를 사랑해봤자 온전히 진심이 전해졌을 리 없다.

사
소
한.

사랑은 사소한 것에서 시작되었다가
사소한 것에서 끝이 난다.
사소한 것이라고 해서
중요하지 않은 건 아니다.

상처 없는 아픔은 없다.

사랑은 아플 수밖에 없다.

언젠간 나도 너로 인해 상처를 받게 될 테고, 너 또한 나로 인해 상처를 받게 되겠지.

상처가 생기면 당연히 아픔이 따라오게 될 테고 상처로 인한 흉터가 남게 될 것이다. 평생 지워지지 않을 마음속 깊은 어딘가에 영원히 남게 될 흔적이 생기겠지.

모든 것이 괜찮아졌다고, 극복해냈다고, 아무렇지 않다고 말하는 건 상대를 위함과 동시에 나를 위한 거짓말이다.

사랑은 곧 상처다.

상처받을 각오를 해야 한다. 상처 없는 사랑은 없다. 상처받는 게 두려워서, 그깟 상처에 흉터가 생기는 게 두려워서 사랑으로 누릴 수 있는 것들을 포기하지 마라.

아픔이 꽤 깊을 수는 있겠지만 지금 이 사랑은 이 사람이 아니면, 지금이 아니면 할 수 없는 사랑이다.

그러니 사랑에 겁먹지 말고
마음껏 사랑하라.

헌
신.

사랑에 헌신적이기를 포기하겠습니다. 나를 버려가면서까지
사랑하는 일을 하지 않을 거라는 말입니다.

사람이 느낄 수 있는 감정 중 사랑은 제게 가장 중요한 감정
입니다. 다른 어떤 감정도 사랑이라는 감정을 이기지는 못할
겁니다. 그래서 헌신적이기를 포기하겠다는 말입니다.

　　　　　이기적으로 사랑하고 원하는 만큼 사랑할 겁니다.

있는 그대로의 나를 사랑할 수 있는 사람에게 내가 느낄 수
있는 모든 사랑을 나눠주겠습니다. 받아보면 알 거예요. 내게
사랑이 어떤 존재인지. 그 사랑에 헌신은 필요 없을 거예요.

사랑이 결코 무기가 되어서는 안 됩니다.

마음 깊은 곳까지 자리 잡은 사랑이라는 감정이 무기가 되어
상처를 받는다면 누구도 치료할 수 없는 흉터로 남을 수밖에
없을 겁니다.

무뎌진다고 해도 지워질 수는 없는 흉터 같은 거요. 주는 사
랑이든 받는 사랑이든 어떤 사랑이 되었든 간에 사랑이라는
감정이 들어갔다면 그건 절대로 무기가 되어서는 안 됩니다.

사랑에 겁을 먹고 있다면.

그동안 참 많이 사랑하고 살아왔습니다.

어떤 사랑은 꽤 아픈 상처로 남아 지워지지 않는 흉터로 자리를 잡았고, 간혹 흉터를 보고 있으면 마음 한쪽이 시릴 정도로 구구절절한 사랑도 해봤고, '그땐 그랬지' 하며 지난 연인을 회상하는 일에 쓸쓸한 미소 정도는 띄울 수 있는 사랑도 하며 말이죠.

어떻게 사랑했건, 얼마나 사랑했건, 사랑했다면 수십겹을 들춰내야 하는 추억일지라도 어떻게든 추억으로 자리를 잡고 있을 겁니다. 하지만 이게 앞으로의 사랑에 영향을 미치는 일은 없어야 합니다. '그때 그 사람이 그랬으니 이 사람도 그럴 거야'라는 편견 같은 거 말이에요. 그때 그 사람과 지금 내 곁에 있는 사람은 엄연히 다른 사람, 다른 사랑이니까요.

지나간 건 추억일 뿐, 앞으로 다가올 것들은 내 곁에 있는 사람과 함께 만들어가는 겁니다. 혹시라도 지금 내 곁에 있는 사람이 추억으로 남게 되지 않을까 걱정하고 있다면, 추억으로 남게 되더라도 소중한 기억의 일부분으로, 좋은 기억으로 남을 수 있게 거짓 없이 최선을 다해 사랑하면 좋겠어요.

이건 단지 사랑에 겁을 먹고 있는 사람을 위한 제 개인적인 부탁입니다.

사랑에 자격 따위는 존재하지 않지만
사랑한 만큼의 책임은 존재합니다.

내가 사랑한 만큼의 책임.
네게 사랑받은 만큼의 책임.

사랑하면 멍청해지는 건 당연하잖아요.

그래야 계산 없이 사랑할 수 있으니까요

그러니 전 멍청하게 사랑할래요.

나의 다음 사랑에게.

아직은 누군가를 사랑하기에는 온전히 내 사랑을 모두 주지
못할 것 같아요. 제가 사랑할 수 있을 때가 되면 이깟 아픔 따
위는 생각도 하지 않고 사랑한다고 할게요. 조금만 기다려주
세요. 곧 사랑한다고 할게요. 당신은 받아주기만 하면 돼요.

내가 당신을 사랑할 수 있도록 다시는 예전과 같은 아픔을 되
풀이하지 않도록 제가 조금 더 나은 사람이 되어서 갈 테니까
조금만 기다려주세요.

막연하게
사랑하기만.

어디선가 사랑이라는 단어를 듣게 될 때 막연히 누군가의 이름이 떠오르는 애틋한 사랑을 하고 싶다. 그 사람을 생각하는 것만으로도 가슴이 먹먹해지는 그런 사랑을 하고 싶다.

보고 싶다는 말에 핑계를 붙이지 않아도 되는 사람을 만나 사랑하고 싶다. 사실 그냥 이 모든 핑계로 사랑할 수 있으면 좋겠다.

아무것도 생각하지 않고
누구의 방해 없이 사랑만 할 수 있는 사람이
너였으면 좋겠다.

너를 사랑하게 되어서 다행이었다.

내게 큰 영감이 되었던 네가,

내 삶의 한 번뿐일 여름 같은 네가

이젠 정말 내 마음 깊은 곳에서도 떠났다.

혹시라도 내 마음속 깊은 어딘가에

붙잡아두었던 것 때문에 마음이 편하지 않았다면

이젠 편히 떠나도 좋다.

너를 사랑하게 되어서 다행이었다.

이게 내가 네게 보내는

이번 생에서의 마지막 편지다.

사
소
함.

연인 간에 가끔 다툼이 생기면 절대 사소한 문제라고 생각하지 마세요. 사랑이 얽힌 사이에 사소한 건 없으니까요. 이건 사소한 게 아니라 몰랐다고 하는 게 맞는 거 같아요.

모든 걸 알 수는 없으니 그로 인한 작은 다툼 같은 게 생겨난 거라고, 몰랐던 것이니 앞으로 알면 되는 거라고 합시다.

사랑에 얽힌 일이
절대 사소할 수는 없으니까요.

우
연
이
거
나

운
명
이
거
나.

우리가 서로 다른 길로 걷는다고 해도 반드시 우린 우연으로
라도 다시 만나게 될 거야. 네가 가는 길이 어디든 우리는 돌
고 돌아 결국 만나게 될 테니까.

네가 가고 싶은 곳으로, 그곳이 어디든, 어떤 곳이든 먼저 떠
나. 그리고 우리 돌고 돌아 마지막에 우연으로라도 만나자.
아니면 운명으로 만나도 좋아.

어떻게 만나게 되더라도 우리는 다시 사랑하게 될 거야.

우연이거나 운명이거나
뭐가 되었든 우린 사랑이겠지.

봄이 오면
네가 올까.

봄이 올 때쯤이면 우리가 마음 편히 사랑할 수 있을까요?

지난 사람에게 받은 상처를 서로에게 드러내지 않을 만큼의
시간이 될 수 있을까요?

기다려줄게요.

좋아한다고 표현 못하고, 사랑할 수도 없고, 만날 수도 없을 시간이 될 테지만 우리에게 시간이 필요하다면 그 정도의 시간쯤은 줄게요.

그러니 봄이 오면 꼭 돌아오셔야 해요.

4장

나를 위한
사랑을 해요

오늘만큼은
아파해도 좋은 날.

날을 정해서 나만을 위한 시간을 가져보자.

충분히 무너지고 슬퍼해도 괜찮은 하루를 정해서 그날 하루
만큼은 한없이 무너져도 보고 슬픔에 빠져도 보자.

대신 자신에게 숨김없이 모든 걸 털어놓고, 내일이 되면 아무
일도 없었다는 듯 살아보자.

그렇게 하루하루를 버티며
살아보자.

순
간
의
힘.

모든 순간에 최선을 다해야 하는 이유는

모든 순간은 내 삶에서 잠시뿐이겠지만

그 순간이 가져다주는 감정은

꽤 오랫동안 내 삶을 지탱해주기 때문이다.

네가 쉬고 싶을 때 나는 스무 발자국 정도 뒤에서
그저 지켜만 보고 있을게.

혹시라도 네가 무너지면
잡아줄 사람 한 명쯤은 필요할 테니까.

울고 싶을 때, 기대고 싶을 때,

잠시 어깨를 빌려주고,
다시 너의 뒤에서 너를 지켜줄게.

그러니 조금만 쉬어가자.
그동안 너무 고생했으니까
이제 조금은 쉬어도 돼.

나를 위한 사랑을 해요.

상대방을 위하는 사랑은

결국 나를 무너지게 할 테니까

서로를 무너뜨리는 일이 될 테니까

나를 위한 사랑을 하셔야 해요.

당신이 혼자가 아니라는 건
당신이 혼자가 되면
나 또한 혼자가 된다는 겁니다.

그러니 당신이 홀로 남겨지는 일은
있을 수 없는 일이 된 거죠.

찬
란
하
게.

내일 어떤 하루가 시작될지는 모르지만

오늘 우리 모두의 마무리는 찬란하기를.

그렇게 매일을 살아갈 것.

그렇게 찬란한 삶이 될 것.

변
화.

사람이든 사랑이든 시간의 흐름에 따라 변할 수밖에 없다. 한
결같은 사람이라는 건 어찌 보면 한결같은 마음을 가진 두 사
람의 마음이 서로의 변화를 받아들이고 맞춰가는 것이라 할
수 있다. 변하지 않기보단 변화를 받아들이고 맞춘다는 것.
그게 내가 사랑하는 사람들과 함께 오래오래 관계를 이어갈
수 있는 길이지 않을까.

내가 변하지 않으면 놓치는 게 많아지는,
시간의 흐름에 따라 변할 수밖에 없는 세상.

나
의
　
소
중
한
　
사
람
에
게
。

좋은 사람들과 좋은 관계를 유지한다는 건
비로소 내가 좋은 사람이 되었다는 뜻일까?

뭐가 어떻든 뭐가 중요하단 말인가.
내 곁엔 이렇게나 좋은 사람으로 가득한데.

함
께.

혼자만의 힘으로 살아갈 수 있을지언정
혼자서 행복하긴 힘든 세상이다.

감정을 나눌 수 있는 사람이 될 것.

슬픔을 나누는 일은 내게 힘이 될 테고,
행복을 나누는 일은 내게 또 행복으로 돌아올 테니.

누군가를 사랑할 때 다른 사람의 눈치를 봐야 하는 상황이 온다면 차라리 당당해지세요.

모든 걸 잃을 것 같아도 세상은 그렇게 쉽게 모든 걸 잃게 내버려두지 않아요. 그렇게 잃을 것들이었다면 언제든 내 곁을 떠날 것들이었다고 생각하면 마음이 편해질 거예요.

그런 것들을 떠나보낼 수 있는 사랑이라니 얼마나 좋아요.
조금 잃으면 어때요. 사랑이 찾아왔잖아요.

내가 당신을 사랑한다는데 아무럼 어때요.
남들의 시선 따위 뭐가 중요하다고요.

만남보다
관계의 의미.

좋은 사람과 시간을 보낸다는 건
무작정 헤어지기 싫다는 생각보다는
언제 또 볼 수 있을까를 생각하게 한다.

오늘의 만남이 끝이 아니라는 걸 알기에.
언젠간 다시 만나도 변함없을 것을 알기에.
만남보다 관계의 의미가 있는 사람들이기에.

행복.

네가 행복한 줄도 모르게
행복한 삶을 살았으면 좋겠어.

가끔 불행이 찾아와도
늘 행복했던 너라서
곧 다시 행복해지리라 믿을 수 있게.

서 서
로 로
의 만 아
 는
모
습 모
. 습

누구에게나 의외의 모습이 있다. 남들은 모르는 내 모습. 그
런 의외의 모습들은 아마도 사랑할 때 가장 많이 나타날 것
이다.

서로에게 의외의 모습을 들켜가며 사랑할 것.
그렇게 남들은 모르는,
서로만 알아보고 느낄 수 있는 모습으로 함께 살아갈 것.

온전히
나답게.

가장 나다운 모습으로 사랑을 시작해야 합니다.

있는 그대로의 모습으로 사랑받지 못할 것 같다는 불안감에
온전히 나다운 모습이 아닌 사랑을 위한 모습을 연기하는 건
어리석은 짓이에요.

가장 나다운 모습으로
사랑을 주고받도록 해요.

사랑이
습관이
되지
않게.

사랑을 습관처럼 하지 않았으면 좋겠어요.

내 옆에 있는 게 당연한 사람이라 생각하고 늘 곁에 있을 거
라 생각하고 지내다 보면 사랑이 떠나가는 것도 모를 거예요.

사랑을 습관처럼 하게 되면 결국 소홀해지기 마련이니까, 그
렇게 떠나버리고 난 뒤에야 빈자리를 실감하게 될 게 뻔하
니까.

사랑은 습관이 아니라
하루하루 새로운 마음으로,
처음처럼 사랑하는 거예요.

좋은 계절
포근한 사람.

좋은 계절에 포근한 사람이 될 것.

사실 이 말은 누군가를 사랑할 때 봄이 오면 항상 혼자 속으로 되뇌던 말이었다. 포근한 계절에 좋은 사람이 되는 게 아니라 좋은 계절에 포근한 사람이 되는 것. 어떤 계절이든 내가 사랑하는 사람에게 포근한 사람이 되고 싶다.

내가 사랑하는 누군가에게 늘 이런 사랑을 주고 싶다.

계절에 상관없이,
변함없이 모든 계절에 포근할 것.

욕
심.

행복하게 살아간다는 건
몇 개의 욕심을 포기하는 것이다.

모든 것을 가질 수 없는 건 당연하니
마음 편히 포기할 수 있다면
지금 가진 것만으로도 충분히 행복할 테니.

나를 살아가게 하는 것들이
내가 사랑하는 것들로 채워지기를.

하루하루 버텨낸다는 생각보다는
하루하루 사랑하며 보낼 수 있게.

내가 사랑하는 것들로 매일을 살아갈 수 있게.

하
루
。

누군가의 하루는 특별했을 테고
누군가의 하루는 평범했을 것이다.

같은 시간을 살아감에도 불구하고
느끼는 감정은 다를 수밖에 없지만
우리 모두의 하루는 돌아오지 않을 테니
어떤 하루를 보냈건 오늘 하루도 수고했다.

행
복
의

힘.

행복을 느낄 수 있어서
참 고마운 하루였습니다.

어떤 감정도
필요 없는 감정은 없으니
언젠간 슬픔이 찾아오더라도
오늘 느낀 이 행복으로
잘 이겨낼 수 있을 것 같습니다.

나
로

인
해.

듣는 사람의 기분이 좋아지는 말을 해야겠다.

나의 말에 네가 웃을 수 있게,
나로 인해 너의 하루가 행복할 수 있게.

평범하게 사랑하다 보면

특별한 이유 없이도

우리는 행복할 거야.

특별하지 않아도

소중한 건 당연하니까.

언제 들어도
좋은 말.

어떤 말을 하느냐가 아니라
어떻게 말하느냐가 문제지.

같은 의미가 담긴 말이라도
따뜻한 온도가 담긴 말이라면
언제 들어도 좋은 말이 되는 것처럼.

행동。

너를 위한 행동 중
사랑을 표현하는 행동은
나를 위한 행동이기도 하지.

남이 아닌
나를 위한

남에게 보이는 부러운 삶이 아니라도
나름대로 잘 살아가면 되는 겁니다.

남을 위한 삶이 아닌 나를 위한 삶이니까요.

평범한 삶.

어떤 삶을 살아야 후회 없는 삶을 살 수 있을지, 어떤 게 정답
인지 알 수도, 알 방법도 없지만 그래도 우리 모두는 어찌어
찌 매일 이렇게 하루를 버텨내고 있습니다.

내일의 내가 어떤 삶을 살아가게 될지는 모르지만 위태롭고
순탄치 않은 삶을 살아가는 우리 모두의 하루가 오늘보다 더
나은 내일이 되길 바랍니다. 그러다 가끔 울기도 하고 웃기도
하며 하루하루를 살아가요, 우리.

누구보다 더 나은 삶을 살기 위해서가 아니라 누구나 다 할
수 있는 평범한 삶을 살아봐요, 우리.

꿈.

어릴 적 어른들은 늘 "너는 커서 뭐가 되고 싶어?"라는 질문
을 던졌다. 기억은 잘 나지 않지만 분명 의사, 대통령… 뭐 그
런 것들을 엄청 싱글벙글 웃으며 이야기했던 것 같다. 보통
꿈이라는 게 그렇다. 되고 싶은 게 있으면 무엇이 되고 싶다
고 내뱉기도 전에 상상만으로도 벅찬 감정을 느낄 수 있다.
꿈이라는 건 가진 것만으로도 내 삶에 이토록 좋은 영향을
준다.

반대로 꿈이 없다는 것만큼 불행한 일은 또 없을 것이다. 꿈
이 없다는 건 어느 정도는 삶의 의욕 상실 상태가 되어 있다
는 뜻이 될 테니까.

꿈을 갖는 건 누구에게나 허락된 일이지만 꿈을 갖는 것조차

허락되지 않는 세상이 되어가고 있는 것 같은 느낌이 든다.
이런 게 정말 현실이라면 평범하게 살아가는 게 가장 어려운
일이 아닐까.

성
공。

평범한 삶에 만족하지 못하고
남들처럼 살고 싶다는 욕심에,
성공이라는 단어에 집착했던 때가 있다.

각자 다른 삶을 사는 건 당연한데
성공이라는 단어에 휘청거리며
무너지지 않아도 될 날들에
무너진 적이 있다는 뜻이다.

꽃
이
핀
시
기.

일상에 지쳐가는 것만큼 위험한 일은 또 없을 것이다. 내가
평생을 바쳐 살아가고 있는 이 길이 정답인지 의심하게 되고,
굳게 믿었던 몇 가지 삶의 신념 같은 것들이 흔들리게 되기
때문이다. 차라리 이 세상에 어떠한 정답도 없으면 좋겠다.
그러면 도전과 포기가 조금은 쉬워질 수 있을 테니까.

나를 위한 삶이라 생각했던 것들이 나를 해치고 있을 때, 우
리는 또 흔들리고 흔들리다 결국 무너지게 되겠지. 그럼에도
불구하고 그들의 삶에 대해 조금 쉬어가는 건 어떻겠냐고 말
하지 못하는 이유는 그들에게 꽃이 핀 시기가 바로 지금일 테
고 그 꽃이 시들고 나면 그 누구도 그 꽃을 더는 꽃이라 여기
지 않게 되는 현실이 있기 때문이다.

누
구
에
게
나
。

우리가 어떻게 살아가야 할지 어떤 삶을 살게 될지 알 수는 없지만 지치고 힘든 어떤 날이 온다면 참 잘하고 있다고 힘이 되는 말이라도 주고받기로 해요.

누구에게든 벅찬 세상이고
누구에게나 값진 세상이니까요

사랑받고 싶다는 말.

사랑받고 싶다는 말이 슬프게 들린다면

당신은 아직도 누군가를 그리워하며

살아가고 있는 게 아닐까요?

혹여 지금 당신이 사랑을 받고 있다면

당신에게 사랑을 주는 사람이

외롭지 않게, 아프지 않게

받은 만큼의 반만이라도 그 사람에게 사랑을 주세요.

모든 순간엔
의미가 있는 법.

당신과 함께한 모든 순간이
무의미하지 않다는 걸 알아야 해요.

그 순간들이 당신과 나에게 하나의 추억으로 공유되는 것.
이것만으로도 소중한 순간인 걸요.

모두가 꿈을 이루게 되는
그런 날이 올 거예요.

가끔 무너지는 날이 오면 우리는 할 수 있을 거라고, 나에게는 네가 있고 너에게는 내가 있으니 서로 잘할 수 있을 거라고 다독여도 주면서 서로 각자의 위치에서 할 수 있는 최선으로 모든 순간을 살아가자.

각자의 위치에서
서로가 할 수 있는 최선으로
모든 순간을 살아간다면
언젠가 우리의 꿈은 이루어지겠지.

어떤 관계든 관계를 유지할 때는
좋은 것만 찾으려 하기보다는
맞춰가야 할 걸 찾아야 한다.

서로 다른 삶을 살아온 사람이니,
같은 것보단 다른 것들이 더 많을 테니.

욕심이 아니라
욕망일 뿐.

요즘은 어떻게 살아야 할지 잘 모르겠습니다. 그동안 달라진 것 하나 없이 평소와 같은 평범한 삶을 살아왔음에도 불구하고 무엇을 하고 살아야 할지, 어떻게 살아야 할지 길을 잃은 것 같습니다.

구체적으로 어떻게 살아가야 할지 알 수 있다면 좋겠지만 어떻게 될지 모를 내일이 기다리고 있으니 오늘 하루 내가 할 수 있는 것이 있다는 것에 감사하며 살아보겠습니다. 그러다 보면 잘살게 되는 날이 오겠죠. 그렇게 모두 잘사는 날이 오길 바랍니다.

잘살고 싶다는 건 욕심이라고 하기보단 욕망이라고 합시다. 누구든 꿈꾸는 게 당연하게.

남보다
나를 위해.

나를 위한 선택에
남을 걱정하지 마요.

너는
몰랐겠지만.

지금 네가 가진
모든 부정적인 생각은
너의 완벽이 만들어낸
너의 자책이야.

너는 잘 모르겠지만
네가 잘하고 있다는 건
너 빼고 모두 다 알고 있어.

혹시나 하는 마음.

틀어져버린 관계에서
혹시나 하는 마음을 갖는 건
상처를 자처하는 마음이다.

혹시나 하는 마음에
기대를 걸게 되면
결국 상처를 받을 수밖에 없으니까.

불
행。

뜻대로 살 수 없는 세상이니

뜻하지 않은 불행이 찾아와도

불행의 뜻대로 안 좋기만 하지는 않기를.

고마운
사람들에게.

내 곁에 있는 당신들에게 얼마나 고마운지 당신들은 모를 거예요. 당신들은 내가 잘살아가고 있다는 걸 느끼게 해주거든요.

지나고 보면 항상 부족했던 나를 지금까지 이끌어준 사람들이에요. 내가 곧 당신들이고 당신들의 존재가 곧 나의 존재라는 말입니다. 다른 말이 뭐가 더 필요하겠어요.

고마워요.
앞으로도 잘 부탁해요.

너라는 떨림

초판 1쇄 발행 2019년 9월 27일
초판 2쇄 발행 2019년 11월 8일

지은이 동그라미
펴낸이 연준혁

출판 1본부 이사 배민수
출판 2분사 분사장 박경순
책임편집 정지은
디자인 윤정아 **일러스트** 박지영

펴낸곳 (주)위즈덤하우스 미디어그룹 **출판등록** 2000년 5월 23일 제13-1071호
주소 경기도 고양시 일산동구 정발산로 43-20 센트럴프라자 6층
전화 031)936-4000 **팩스** 031)903-3893 **홈페이지** www.wisdomhouse.co.kr

ⓒ 동그라미, 2019

값 12,800원
ISBN 979-11-90305-59-4 03810

이 도서의 국립중앙도서관 출판예정도서목록(CIP)은 서지정보유통지원시스템 홈페이지
(http://seoji.nl.go.kr)와 국가자료공동목록시스템(http://www.nl.go.kr/kolisnet)에서
이용하실 수 있습니다.(CIP제어번호: CIP2019036678)